CUENTO DE LUZ

A mis hijas, Carlota y Clara.

- María Teresa Barahona -

© 2014 del texto: María Teresa Barahona
© 2014 de las ilustraciones: Edie Pijpers
© 2014 Cuento de Luz SL
Calle Claveles, 10 | Urb. Monteclaro | Pozuelo de Alarcón | 28223 | Madrid | España
www.cuentodeluz.com

ISBN: 978-84-16078-28-8

Impreso en China por Shanghai Chenxi Printing Co., Ltd., mayo 2014, tirada número 1434-3

FSC
www.fsc.org
MIXTO
Papel procedente de
fuentes responsables
FSC® C007923

¡QUÉ DIVERTIDO ES COMER FRUTA!

María Teresa Barahona

Edie Pijpers

En un pueblito del sur de España bañado por el mar, vivían dos niñas: Carlota y Clara.
Era un lugar maravilloso, rodeado de árboles mágicos en los que crecían frutas de mil
colores y perfumes.

En el camino del colegio a casa, mientras reían y saltaban, decidieron hacer un juego: cada día de la semana elegirían un color, pensarían en una fruta de esa tonalidad, inventarían una breve historia con ella y por la tarde la tomarían para merendar.

El lunes, el color elegido fue el amarillo.

Carlota imaginó un limón con forma de nube. Una nube mágica de la que lloverían gotitas de vitaminas para que los niños que las tomasen crecieran fuertes y sanos.

—Pues yo —dijo Clara— les diré a mis tíos Javi y Enrique que me hagan una pelota con forma de manzana, para que los soldados jueguen con ella al fútbol y así se olviden de hacer guerras.

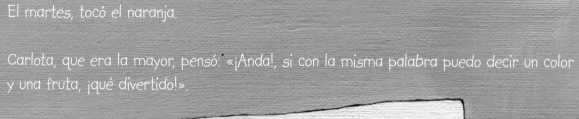

El martes, tocó el naranja.

Carlota, que era la mayor, pensó: «¡Anda!, si con la misma palabra puedo decir un color y una fruta, ¡qué divertido!».

A su lado, Clara, que estaba leyendo un cuento, se acordó de los albaricoques y su suave piel.
Tejería con ellos una mantita para que, al salir a pasear, su perro Max no tuviera frío.

Llegó el miércoles y ambas estuvieron de acuerdo en que, como Clara era muy inquieta y tenía siempre las piernas llenas de moratones de tanto jugar, el color elegido sería... el morado.

La niña, riendo, exclamó:

—¡¡¡Ciruelas!!!, sí, ¡¡¡ciruelas!!!, para hacer
con ellas una deliciosa mermelada y que
tía Paloma cocine una tarta gigante para
mi cumpleaños. Ese día organizaremos
una fiesta de pijamas con mis amigas
y a la mañana siguiente, al despertarnos,
nos la tomaremos toda enterita
para desayunar.

Carlota enseguida pensó en los higos, que son muy dulces y le dan mucha energía para bailar.
A su osito Camilo, que es un goloso, le encantan.

El jueves decidieron que el color sería el rojo...

—Siempre me acordaré —dijo Carlota— de que cuando era pequeña
los Reyes Magos me trajeron, en casa de los abuelitos, un disfraz
de fresa. Me gustaba tanto tanto que me lo quería poner hasta
para dormir.

—Pues a mí, cuando era chiquitita —dijo Clara—, mamá siempre me ponía las cerezas como pendientes en las orejas y yo me imaginaba que era una bailarina con un tutú rojo danzando en una sala grande llena de espejos.

El viernes fue el día del verde y Carlota contó por qué la pera era su fruta preferida.

—Cuando la tomo, cierro los ojos y siento en mi boca estrellitas que me hacen soñar —comentó.

A Clara le vinieron rápidamente a su imaginación las uvas.

—Son pequeñitas, están siempre juntas, muy pegaditas y me recuerdan a mis amigos, ¡con los

El sábado, de camino hacia la playa, eligieron
el marrón. Sin dudarlo, Carlota decidió que
haría una golosina con forma de castaña
y se la regalaría a su papá.

—Cuando sea mayor —dijo Clara—, seré médica. Con la cáscara de un coco haré una barca y navegaré en ella hasta países lejanos. Así podré curar a los niños que estén malitos, para que puedan volver a correr y saltar.

El domingo, último día de su divertido juego, comprobaron al levantarse que estaba lloviendo, pero al ratito salió el sol y vieron un precioso arco iris. Entonces tuvieron una idea: ¡harían un arco iris comestible! Para ello, pondrían una fruta al lado de la otra, bien pegaditas.

—¡¡¡Hummm, qué rico!!! —dijo Carlota—. Un batido con plátano, mandarina, pera, manzana, fresas... y un montón de frutas más. Invitaré a mis amigos a jugar y nos lo tomaremos para la merienda.

—¡¡¡Hummm!!! —la imitó su hermana—. Una macedonia con
trocitos de sandía, melón, albaricoque, manzana, moras, fresas,
kiwi, nueces... Estará también muy rica e imaginaré que es una gran
piscina donde pueda nadar con mis primos: Kike será la manzana;
Dodo, el melón; Dani, la fresa; Nico, el plátano; María, la sandía; Carlos,
el melocotón; Jaime, la naranja, y yo, la mandarina... Bueno... También invitaré
a mi hermana Carlota, que será la pera, para que sepa que,
aunque a veces nos peleemos..., ¡la quiero mucho! —Y, guiñando
un ojo, añadió—: ¡¡¡Y seguro que ella a mí también!!!

Y así, jugando, las dos hermanas se dieron
cuenta de lo bien que se lo pasaban juntas
y de lo divertido y sano que era comer
fruta todos los días.